POURQUOI
LA GUERRE ?

ÉPISODE DRAMATIQUE EN VERS

PAR

A. GRÈS

Précédé d'une Préface

PAR

GABRIEL KARR

PRIX : **50** CENTIMES

C'est un russe ! Égorge, assomme,
Un croate ! Feu roulant.
C'est juste. Pourquoi cet homme
Avait-il un habit blanc ?

MARSEILLE
ROSTOLAN, ÉDITEUR-LIBRAIRE
1, rue Paradis, 1

·1873

REPRÉSENTÉ SUR LE THÉATRE DU CHALET

LE 9 MARS 1873

—

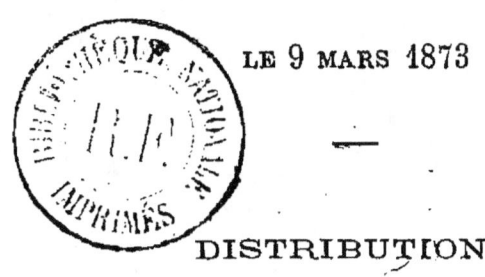

DISTRIBUTION :

Félix Darcis........................ MM. L. FOUCARD.

Alcas, son précepteur........... DELORME.

Claire Darcis...... .... Mᵐᵉ DELAMARRE.

La scène se passe à l'ermitage de Clarens.

PRÉFACE

—

L'auteur de cet impromptu a essayé de dire, dans cette langue imagée et sonore qui semble avoir été créée pour exprimer les plus beaux sentiments de l'âme, ce que tout homme progressiste ne doit pas craindre d'affirmer. Il n'ignore pas quel courage il faut avoir dans notre siècle, et surtout dans notre pays, pour oser attaquer de front des préjugés que le temps a consacré. Eh bien, ce courage il l'a eu, espérant voir des hommes plus autorisés, des écrivains de génie suivre sa trace. Cet écrit est fatalement la contre-partie d'une pièce (1) dont l'auteur de ces lignes est le premier à reconnaître le grand mérite littéraire et poétique, mais qui, au point de vue des idées est contraire au progrès.

Nous avons trop vécu d'illusions et de mensonges, habituons-nous à entendre ce que des écrivains, — voire même les plus renommés, — ont évités de dire afin de ne pas compromettre leurs succès auxquels ils sacrifient tout. A. Karr, a osé, lui, risquer sa popularité, pour faire entendre des vérités qu'un journal n'a pas voulu reproduire, craignant qu'elles ne fussent pas goûtées de ses lecteurs. En voici un extrait :

« Dans notre éducation absurde, on nous a accoutumés à considérer guerre et victoire comme deux mots synonymes — et je me rappelle l'indignation que souleva Bugeaud, auquel nous devons cependant

(1) Fais ce que dois.

quelques victoires, lorsqu'il eut l'audace, la plus
grande peut-être qu'il ait eue dans sa vie, de dire à la
tribune de l'Assemblée nationale que nous avions été
quelquefois vaincus ....
.... »

Je me chante à moi-même la Marseillaise ; je tâche
de me persuader que c'est non-seulement de bras cas-
sés que l'agriculture a besoin, mais aussi de jambes
brisées, de têtes fendues et de cervelles éparpillées...

Eh bien, je dois l'avouer, ma propre éloquence me
laisse complètement froid.

Je suis surtout frappé de cette situation monstrueuse
de deux grandes nations, soi-disant civilisées, qui
attendent paisiblement ce que vont décider deux aven-
turiers pour qui, à un signal donné par un de ces
drôles, un million d'hommes qui ne se connaissent
pas, qui ne se sont jamais vus, aillent se ruer en fureur
les uns contre les autres, s'écharper, se déchirer,
s'enfoncer toutes sortes d'objets pointus dans la poi-
trine et dans le ventre, joncher mutuellement la terre
de leurs cadavres et l'abreuver de leurs sang, sans
penser que leurs vrais ennemis ne sont pas ceux contre lesquels mais ceux pour lesquels ils se battent.

Tandis que l'on entend les dithyrambes des députés
et des journalistes, on ne se préoccupe pas de ce que
pensent et disent, avec moins de fracas, ce million
d'hommes qui vont quitter leur famille et leurs
champs pour aller s'exposer aux privations, aux fati-
gues, aux blessures, à la mort sous les pieds des che-
vaux — sans savoir pourquoi, pour des intérêts qu'ils
ne comprennent pas — on ne pense pas au désespoir,
aux pleurs, aux insomnies des femmes, des fiancées
et des mères. »

Voilà des réflexions très justes sur notre caractère léger et irréfléchi. Nous sommes tellement l'esclave de l'opinion publique qui, cependant comme l'a dit Chamfort, est parfois la plus mauvaise des opinions, que nous rejetons les avis les plus salutaires pour obéir à un mot d'ordre donné auquel on est obligé de se rallier, si on veut éviter d'être blessé par cette arme que nous redoutons tant : le ridicule.

Un dernier mot.

Ce poëme a-t-il un mérite littéraire? Non, ou du moins l'auteur ne le croit pas. Ne connaissant pas l'art de donner aux ouvrages de l'esprit le lustre qui les fait rechercher, il n'a été mu que par des idées généreuses que notre fausse éducation fait repousser, et, il a pensé, en les écrivant, non pas faire une œuvre de mérite, mais une bonne œuvre.

POURQUOI LA GUERRE ?

—

Le Théâtre représente un jardin. A gauche une table. Autour de la table sont assis Claire et Félix. Au lever du rideau, Claire est occupée à un ouvrage d'aiguille ; Félix, lit.

—

SCÈNE PREMIÈRE

CLAIRE — FÉLIX

FÉLIX (*Un livre à la main*)

Ma mère, écoute donc ces vers. — Dieu que c'est beau !
(*lisant*).
Les chansons des rues et des bois — C'est nouveau.

CLAIRE

Je connais ce touchant livre du grand poète.
Comme dans tous ses vers son âme se reflète.
Hélas ! pourquoi faut-il que ces meilleurs écrits
Soient, par la foule encore ignorante, incompris.

FÉLIX (*lisant*)

Depuis six mille ans la guerre
Plaît aux peuples querelleurs,
Et Dieu perd son temps à faire
Les étoiles et les fleurs.

Les conseils du ciel immense,
Du lys pur, du nid doré,
N'ôtent ancune démence
Du cœur de l'homme effaré.

Les carnages, les victoires,
Voilà notre grand amour ;
Et les multitudes noires
Ont pour grelot le tambour.

La gloire sous ses chimères
Et sous ses chars triomphants
Met toutes les pauvres mères
Et tous les petits enfants.

Notre bonheur est farouche ;
C'est de dire : Allons ! mourons !
Et c'est d'avoir à la bouche
La salive des clairons.

L'acier luit, les bivouac fument,
Pâles, nous nous déchaînons ;
Les sombres âmes s'allument
Aux lumières des canons.

Et cela pour des altesses
Qui, vous à peine enterrés,
Se feront des politesses
Pendant que vous pourirez,

Et que dans le champ funeste,
Les chacals et les oiseaux
Hideux, iront voir s'il reste
De la chair après vos os !

Aucun peuple ne tolère
Qu'un autre vive à côté ;
Et l'on souffle la colère
Dans notre imbécilité.

C'est un Russe ! Egorge, assomme.
Un croate ! Feu roulant.
C'est juste. Pourquoi cet homme
Avait-il un habit blanc ?

CLAIRE (*l'interrompant*)

Ce soir tu me liras la suite. Enfant, écoute.
Nous allons dès demain tous deux nous mettre en route
Pour un pays lointain où l'arbre est toujours vert,
Je ne puis plus rester ici, j'ai trop souffert.

FÉLIX

Partir ? quitter ces lieux si chers à mon enfance !
Ce jardin où je vais rêver dans le silence
Quand le soleil se lève, et quand je vois la fleur
Aspirer du matin l'énivrante fraîcheur ?
Et mes semis ? Oh ! tout, regarde, nous convie
A passer dans Clarens le reste de la vie,

CLAIRE

J'ai peur, mon cher enfant, peur pour toi seulement,
Car on parle de guerre, — horreur ! — Tiens, justement,
Voici ton précepteur. — Son regard est sévère.
On dit qu'un homme humain ne veut jamais la guerre,
Il la veut, pourtant, lui.

SCÈNE DEUXIÈME

CLAIRE — FÉLIX — ALCAS

CLAIRE

Eh bien, mon cher Alcas,
Nous vous quittons demain.

ALCAS

Vous ne partirez pas.
Cet enfant, notre espoir, appartient à la France,
Et ne doit s'éloigner qu'après sa délivrance.
A vingt ans, dans nos rangs il viendra se ranger
Pour chasser l'ennemi, madame, et vous venger,
Je conçois la douleur bien grande d'une mère,
Mais devant le devoir, son amour doit se taire.

CLAIRE

Mon fils ?...

ALCAS

Oui, votre fils défendra son honneur,

CLAIRE

On voit que la raison parle plus que le cœur,
En vous ; le préjugé...

ALCAS

Vous n'êtes qu'une femme.

CLAIRE

Mais vous ne voyez pas que vous m'arrachez l'âme,
Et que, si de mon cœur vous étiez triomphant,
Je mourrais... — car, je veux qu'il vive mon enfant !
— Faut-il être guerrier pour être patriote ?
A vous entendre il faut, pour avoir l'âme haute,
Qu'une mère éplorée, esclave de nos mœurs,
Insulte la nature, et dise à son fils : Mœurs !
Et que, pour observer un préjugé barbare,
Une mère, d'un fils adoré, se sépare.

ALCAS

Madame, je comprends votre amour maternel
Qui vous aveugle au point de me croire cruel ;
Oui, madame, je sais quelle douleur amère
Doit sentir, en quittant son enfant, une mère,
Mais il est des devoirs dans la société
Que nous devons remplir...

CLAIRE

Voyons, en vérité,
De sang-froid, comme vous, à comprendre
Je cherche de sang-froid la marche à prendre.
Cette nécessité d'une revanche à parler la raison.
Faisant taire mon cœur et pour quitter, sa maison,
J'admets qu'un enfant doit tout quitter, sa patrie,
Et .. sa mère ! J'admets jusqu'à l'idolâtrie,
L'amour que nous devons avoir pour la patrie !
Notre colère lorsqu'un ennemi vainqueur
Vient fouler notre sol et répand la terreur,
Moi-même, alors ; oui, moi, qui ne suis qu'une femme
J'aiderais à chasser la soldatesque infâme,
Et je partagerais de mon enfant le sort,
Car, après lui, mon Dieu, que m'importe la mort !

Mais ce que voulez, n'a plus ce grand mérite,
Tandis que l'étranger au drapeau noir nous quitte,
Que des mères encor portent un deuil récent ;
Vous parlez de verser de nouveaux flots de sang
Pour plaire à des chauvins, ces hommes sans entrailles,
Vous vous dites humain, et voulez des batailles ?

ALCAS

Devant votre départ, que je vois résolu,
Un plus long entretien me paraît superflu.

CLAIRE

Pardon, mon cher Alcas, si je suis un peu vive,
Mais l'affreux souvenir de mon fils, mort, ravive
Une douleur que vous partagez, j'en suis sûr ;
Et quand je vois Félix, cet ange au front si pur,
Prêt de m'être enlevé..., je crois voir un abîme
S'entr'ouvrir devant moi pour prendre sa victime.
Il faut que mon fils mort au combat soit vengé,
Dites – vous ? Qui sera par Félix égorgé ?
Un inconnu qui tremble en songeant à sa mère ?
Un homme qui serait, libre, pour lui son frère ?
Son prochain qu'un César par décret fait soldat
Pour commettre en son nom le plus grand attentat ?
Un être qui quitta son toit d'un œil humide
Et qu'un affreux tyran transforme en fratricide ?
Et vous ne voudriez pas combattre ces erreurs,
Vous, dont la mission est noble, instituteurs ?
Vous voulez déployer des trésors d'héroïsme ?
Combattez hardiment partout le chauvinisme,
Ce préjugé qui nous a corrompu le cœur,
Oui, faites – vous soldat, mais civilisateur ;
A cette mission votre état vous appelle ;
Par l'école formez une France nouvelle,
Car je vois devant elle un brillant avenir.
On n'a que trop sapé, commencez de bâtir ;
En apprenant à tous les enfants de la France
Qu'un peuple ne grandit que par l'intelligence.

(*Elle sort.*)

SCÈNE TROISIÈME

ALCAS — FÉLIX

FÉLIX

Ma mère a bien raison, non, je ne comprends pas
Que l'on désire encor voir de nouveaux combats.
Ceux qui nous ont ravi l'Alsace et la Lorraine
N'ont laissé dans nos cœurs ulcérés que la haine,
Et si ma vie devait nous les faire ravoir
Je la sacrifierais dans un si doux espoir.
Mais vouloir maintenant, insensés que nous sommes,
Envoyer massacrer peut être cent mille hommes,
Semer dans le pays de nouvelles douleurs
Pour le plaisir si cher de se dire vainqueurs !
Ecoutez, bon Alcas, vous qui, dans mon enfance,
M'avez toujours guidé par votre expérience,
Dites – moi, comme nous, ne vous semble – t – il pas,
Que nous aurons nos deux provinces sans combats,
Que la pensée ira grandissant, faisant frères
Les peuples de tous les pays ; plus de frontières !
Plus de haines et l'on verra le genre humain
Chasser tous les tyrans et se donner la main.

ALCAS

Votre extrême jeunesse, ô mon fils, justifie
Votre raisonnement plein de philosophie.
La théorie est belle, et, vrai, mon orateur,
Elle fait voir en vous l'étude d'un rêveur ;
Mais la difficulté se présente en pratique
Et le cœur n'a que faire avec la politique,
Les moyens qu'il faut prendre, hélas ! sont différents,
Il nous faut des soldats, venez grossir nos rangs !...
Quoi ! vous hésiteriez d'aller à la frontière ?
Manqueriez-vous de cœur ? Quand on a l'âme fière,
Et surtout un des siens, mort sur le champ d'honneur,
On doit en bon français s'en faire le vengeur !
Auriez-vous de sa mort perdu la souvenance,
Et son cri généreux : Mon Dieu, sauvez la France !

FELIX

Ah ! si je m'en souviens ! il n'y a pas longtemps,
C'était le dix janvier, m'a-t-on dit, par un temps
Superbe, et sous un ciel digne de la Provence ;
Sur un signal, André dans la mêlée s'élance,
Lutte et tombe en héros, frappé par l'ennemi,
Je jurai qu'il serait vengé !

ALCAS

Mon brave ami !

FELIX

Mais depuis la colère à la raison fait place ;
Quoique son souvenir toujours vivant me glace,
Que je ne puis sans pleurs me rappeler sa mort,
Je ne vous suivrai pas.

ALCAS

Quoi ! vous auriez ce tort ?
Vous aimez cependant, Félix, votre patrie,
Et vous pourriez la voir envahie et flétrie ?...

FÉLIX

Flétrie ? que dites-vous ? la France ne l'est pas !
Elle n'a pas besoin, pour grandir de combats.
Ces armes ! ce sera l'instruction publique
Qui fera triompher partout la République !
Non pas celle que fit un pouvoir exalté.
Non ; mais celle qui croît sous la vraie liberté
Par d'incessants bienfaits, répandant la lumière,
Elle reculera du monde la frontière,
Et, puissante de par ses respectables lois,
Elle fera trembler les méchants à sa voix
Venez ! allons prêcher cette guerre nouvelle
Qui doit nous assurer la paix perpétuelle ;
Les persécutions sur nous ne pourront rien,
Car nous aurons la foi pour propager le bien.

ALCAS

Mon enfant, vos projets atteignent le sublime ;
Ils sont grands, divins, mais différer est un crime,
Il faut que l'ennemi sente nos bras vengeurs,
Mais voici votre mère.

SCÈNE QUATRIÈME

ALCAS — FÉLIX — CLAIRE

CLAIRE

Eh bien, charmants plaideurs,
Qu'avez-vous arrêté dans vos plans de campagne ?

FÉLIX

Pour moi, c'est décidé je pars, je t'accompagne.

ALCAS

Eh bien, vous resterez, votre plan est trop beau.
Comme vous je vois poindre un avenir nouveau.
Oui, la raison qui nous distingue de la brute,
Doit être la seule arme employée dans la lutte !
Ce que la force fait ne dure pas longtemps.
A l'œuvre ! en moi je sens renaître le printemps.
Quoi ! j'ai pu partager cette erreur si banale
Que notre grandeur tient à la force brutale !
Le temps des conquérants est passé, il nous faut
Des penseurs recevant la lumière d'en haut
Comme le grand Moïse à la sainte montagne !
Allons à nos idées rallier l'Allemagne ;
Ce peuple ne peut pas, lui, si réformateur,
Résister, plus longtemps, à ce grand cri du cœur !
La persécution pourra bien nous poursuivre,
Elle n'empêchera l'idée de lui survivre
Et nous verrons enfin les préjugés s'enfuir
Devant la vérité qui les fera finir.
Venez ! allons prêcher vos doctrines sublimes,
Les rois ont sur la terre assez fait de victimes ;

Eh quoi ! pour illustrer d'un conquérant le nom
Nous ferions de nos fils de la chair à canon !
Quoi ! j'ai pu m'engouer de César et de Rome ?
Vous m'avez converti complètement, jeune homme,
Car je n'oserai plus vous dire mon enfant,
Puisque de moi, vieillard, vous êtes triomphant.

CLAIRE

Vous allez entreprendre une œuvre bien ingrate
Où vous devrez montrer les vertus de Socrate,
Et, malgré les efforts qui courberont vos fronts
Vous verrez le public vous abreuver d'affronts,
Mais qu'importe ! arborez votre sainte bannière
Qui sur tout l'univers doit jeter la lumière ;
Allez droit devant vous, car cher monsieur, Alcas,
Les entraves naîtront sans cesse sur vos pas.
Mais puisque maintenant vos idées sont les nôtres,
Puisque vous et Félix, devenez deux apôtres
Qui régénérerez le monde par le bien,
Dieu vous suivra partout, allez ! ne craignez rien.

ALCAS

Oui, vous avez raison ; l'opinion publique
Est trop passionnée, et son erreur s'explique
Habituée qu'elle est à suivre le courant ;
Oui, partons ! car j'éprouve un besoin dévorant
De convertir le monde à vos idées sublimes ;
Des peuples, devenons les soutiens magnanimes !

FÉLIX

Les nations sont sœurs, elles veulent s'unir,
Aussi les verrons-nous à nos voix accourir ;
Les peuples n'ont jamais, eux, voulu de la guerre.
Allons donc renverser les tyrans de la terre,
Et, plein d'un noble orgueil, triomphants, nous français,
Nous inaugurerons le règne de la paix !

FIN

Imp. J. Doucet.

www.ingramcontent.com/pod-product-compliance
Lightning Source LLC
Chambersburg PA
CBHW061434170626
46811CB00005B/2274